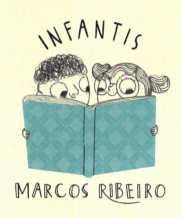

INFANTIS
MARCOS RIBEIRO

Marcos Ribeiro

MAMÃE, COMO EU NASCI?

Livro adaptado para o teatro, com apresentações no Brasil e no exterior.

ilustrações de

Bruna Assis Brasil

Este livro está de acordo com alguns dos
Objetivos de Desenvolvimento Sustentável (ODS):

4ª edição, 2024

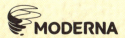

Texto © Marcos Ribeiro, 2024
Ilustrações © Bruna Assis Brasil, 2024
1ª edição: 1988, Editora Espaço e Tempo
2ª edição: 2002, Editora Salamandra
3ª edição: 2011, Editora Moderna

DIREÇÃO EDITORIAL: Maristela Petrili de Almeida Leite
COORDENAÇÃO DE EDIÇÃO DE TEXTO: Marília Mendes
EDIÇÃO DE TEXTO: Lisabeth Bansi, Ana Caroline Eden, Giovanna Di Stasi
COORDENAÇÃO DE EDIÇÃO DE ARTE: Camila Fiorenza
ILUSTRAÇÕES DE CAPA E MIOLO: Bruna Assis Brasil
PROJETO GRÁFICO: Bruna Assis Brasil
COORDENAÇÃO DE REVISÃO: Thaís Totino Richter
REVISÃO: Andressa Bezerra Corrêa
COORDENAÇÃO DE *BUREAU*: Everton L. de Oliveira
PRÉ-IMPRESSÃO: Ricardo Rodrigues, Vitória Sousa
COORDENAÇÃO DE PRODUÇÃO INDUSTRIAL: Wendell Jim C. Monteiro
IMPRESSÃO E ACABAMENTO: Gráfica Elyon
LOTE: 793029
COD: 120003803

Dados Internacionais de Catalogação na Publicação (CIP)
(Câmara Brasileira do Livro, SP, Brasil)

Ribeiro, Marcos
  Mamãe, como eu nasci? / Marcos Ribeiro ; ilustração Bruna Assis Brasil. – 4. ed. – São Paulo : Santillana Educação, 2024.

  "Este livro está de acordo com alguns dos Objetivos de Desenvolvimento Sustentável (ODS)".

  ISBN 978-85-527-2433-9

  1. Educação sexual – Literatura infantojuvenil 2. Gravidez – Literatura infantojuvenil 3. Violência sexual – Literatura infantojuvenil I. Brasil, Bruna Assis. II. Título.

23-141381   CDD-028-5

Índices para catálogo sistemático:
1. Educação sexual : Literatura infantil   028.5
2. Educação sexual : Literatura infantojuvenil   028.5

Aline Graziele Benitez – Bibliotecária – CRB-1/3129

Reprodução proibida. Art.184 do Código Penal e Lei 9.610 de 19 de fevereiro de 1998. *Todos os direitos reservados.*

EDITORA MODERNA LTDA.
Rua Padre Adelino, 758 – Quarta Parada
São Paulo – SP – Brasil – CEP 03303-904
Vendas e atendimento: Tel. (11) 2790-1300
www.moderna.com.br
2024
Impresso no Brasil

AGRADECIMENTO

À equipe da Editora Moderna que, de forma muito cuidadosa, produz livros lindos, que contribuem para a educação de todos vocês: Maristela Petrili, Marília Mendes, Giovanna Di Stasi, Patrícia Capano Sanchez, Ana Caroline Eden, Camila Fiorenza, Michele Figueredo e Cristina Uetake.

Ao Anderson Fabricio Moreira Mendes e a todos os consultores e todas as consultoras da Editora Moderna, que fazem chegar os livros nas escolas em que você estuda, contribuindo assim para que você aprenda muitas coisas legais.

À Mariana Braga, pela parceria na construção desta obra.

DEDICATÓRIA

À Esméria Freitas, que transforma a sala de aula por meio do trabalho com os livros e as ideias dos seus alunos.

A todos os professores e a todas as professoras deste país, que no dia a dia da escola acreditam na educação como potencial de crescimento e autonomia.

À Julia Giatti Hayashida, a netinha da Beth Bansi, que faz parte da nova geração que, assim como todas as crianças que lerem este livro, nos enche de certeza de que vai ajudar nosso mundo a ser bem melhor.

PREFÁCIO DA 1ª EDIÇÃO

Ao ler *Mamãe, como eu nasci?*, não pude deixar de pensar na infância de minha geração. E me lembrei até de quando, aos 7 anos, tendo sofrido um acidente em casa, minha mãe me ensinou a dizer às visitas ter "fraturado o fêmur". "Quebrei a coxa", como normalmente diria, não era de bom-tom.

A geografia da coxa estava muito molhada de "pecado". Minha geração podia falar livremente até o joelho. A de minha mãe tinha parado no tornozelo.

Com seu livro para criança, Marcos Ribeiro ajuda a história. Fala do corpo sem pudores falsos. Fala da boniteza do corpo, da gostosura do corpo. Fala de como o corpo se gera no corpo e nasce do corpo.

Livrinhos assim deveriam multiplicar-se.

Paulo Freire

Outubro de 1988.

PREFÁCIO DA 4ª EDIÇÃO

A pergunta cândida sobre como nascem os bebês recebeu uma resposta carinhosa e atenta de meus pais, apaziguando minha curiosidade aos 5 anos de idade.

Crianças que têm acesso ao convívio com animais podem ter vivido a experiência de ver novos "bebezinhos", cachorrinhos ou pintinhos, nascerem. Mas as circunstâncias que envolvem o fenômeno da geração e do nascimento de um ser humano são mais complexas e carregadas de conhecimentos e valores afetivos e éticos.

Este livro do professor Marcos Ribeiro tem o mérito de, com simplicidade, clareza e delicadeza, apoiar o trabalho de pais, responsáveis e professores com as crianças.

As crianças brasileiras são prioridade absoluta (Constituição Federal, art. 227); assim, antes de outras mídias audiovisuais ou digitais, este livro contribui, definitivamente, para a compreensão da sexualidade, da geração, da dignidade e da beleza da vida humana.

Profª Dra. Regina de Assis

Professora Especialista em Currículo e Ensino, fez mestrado e curso de Estudos Avançados em Educação na Harvard Graduate School of Education (Cambridge, EUA), além de doutorado no Teachers College da Universidade de Columbia (Nova Iorque, EUA). É professora da FE/Unicamp, PUC/Rio e UERJ, e foi Secretária de Educação do Município do Rio de Janeiro (1993-1996).

UM RECADO
para todas as escolas e famílias

A realização de um trabalho na escola com este livro conta com amparo legal que o legitima (como não podia deixar de ser!). Os temas abordados retratam e compreendem a importância dessa conversa para o desenvolvimento físico, psicológico, cognitivo e social de crianças e pré-adolescentes e asseguram a educação inclusiva, equitativa e de qualidade, bem como promovem a oportunidade de aprendizagem ao longo da vida para todas as pessoas.

TRATADOS E CONVENÇÕES INTERNACIONAIS

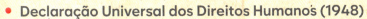

- Declaração Universal dos Direitos Humanos (1948)
- Convenção Interamericana de Direitos Humanos (1969)
- Convenção sobre os Direitos das Crianças (1989)
- Declaração Mundial sobre Educação para Todos (1990)
- Consenso de Montevidéu sobre População e Desenvolvimento (2013)

CONSTITUIÇÃO FEDERAL

- Artigos 6, 205, 206, 208, 226, 227, entre outros.

LEIS FEDERAIS

- Estatuto da Criança e do Adolescente (1990)
- Lei de Diretrizes e Bases da Educação (1996)
- Estatuto da Juventude (2013)
- Lei Nacional *Antibullying* (2015)
- Plano Nacional de Educação (2001 e 2014)

ATOS NORMATIVOS E OUTROS DOCUMENTOS

- Parâmetros Curriculares Nacionais (1997)
- Diretrizes para uma Política Educacional em Sexualidade (DPES/1994)
- Plano Nacional de Educação em Direitos Humanos (2003)

PRONTO!

Chegou a hora de conversar sobre um assunto muito importante: o começo da vida e de onde vêm os bebês. Nós precisamos falar sobre esse assunto porque é sobre nós mesmos!

Não se preocupe! Vou explicar tudinho para você! Inclusive um papo sobre cuidados que toda criança deve ter para se proteger.

Chame uma pessoa adulta em quem você confie para acompanhar esse bate-papo. Se for na escola, o professor ou a professora pode orientar você.

E ENTÃO, ALGUÉM SABE DIZER COMO NASCEM OS BEBÊS?

Nem a mamãe ou o papai vão retirar o bebê no hospital!

Não é a dona cegonha. Mesmo sendo uma ave dócil e protetora, ela não traz os bebês no bico.

Também não se compra bebê na feira, misturado com frutas e legumes.

    Antigamente, os bebês nasciam em casa. Para explicar aos irmãos o que estava acontecendo, as mamães diziam que a cegonha tinha trazido um novo bebê para a família.

    E por que escolhiam a cegonha? Porque essa ave sempre cuidava com carinho das outras cegonhas doentes e velhas. Fofa ela, né? Parece coisa de vó...

    Essa lenda surgiu na Escandinávia, que é uma região geográfica que abrange o território de três países: Noruega, Suécia e Dinamarca.

Fonte: ESCOLA, Equipe Brasil. Origem da Lenda da Cegonha. *Brasil Escola*. Disponível em: https://mod.lk/cegonha. Acesso em: mai. 2023.

AGORA VOCÊ JÁ SABE O QUE **NÃO É** VERDADE SOBRE O NASCIMENTO DOS BEBÊS.

Que tal, então, descobrir como eles nascem, de verdade? Mas, para entender direitinho, é preciso aprender algumas coisas.

Vamos primeiro conhecer o corpo do homem e o corpo da mulher, depois explicar como eles fazem para que os bebês venham ao mundo.

13

Meninos e meninas, homens e mulheres, têm muitas diferenças físicas. Você vai conhecer, pelos desenhos aqui do livro, aquelas que são responsáveis pelo nascimento do bebê.

Ao crescer, mudanças vão ocorrer no seu corpo, e elas começam a se intensificar na adolescência, por volta dos 12 anos. Essas mudanças vão fazer com que seu corpo fique ainda mais parecido com o dos adultos.

Mas não tem uma regrinha, não! Por isso, as mudanças não vão acontecer ao mesmo tempo e do mesmo jeito para todas as pessoas. Afinal, somos diferentes, não somos?

MUITO IMPORTANTE

Meninas e meninos são diferentes, mas nenhum é melhor que o outro. Todos devem ser respeitados como são. E você é responsável por cuidar de seu corpo e protegê-lo.

PENSE NISSO!

DE OLHO NAS DICAS

Cuide de seu corpo fazendo uma alimentação variada, com frutas, legumes, proteínas. E beba muita água.

O CORPO DO GAROTO.
O CORPO DO HOMEM.

O corpo do menino é parecido com o corpo de um homem adulto. Todos os meninos têm **pênis**. Esse é o **órgão sexual** masculino. Embaixo dele há uma espécie de saquinho chamado **bolsa escrotal**.

Quando o menino cresce e chega na adolescência, todo o seu corpo muda de tamanho e muitos homens começam a ter pelos em várias regiões, como nas pernas, nos braços e nas partes íntimas. Também começam a surgir os pelos faciais, a barba! A voz também muda e às vezes até parece que está desafinada.

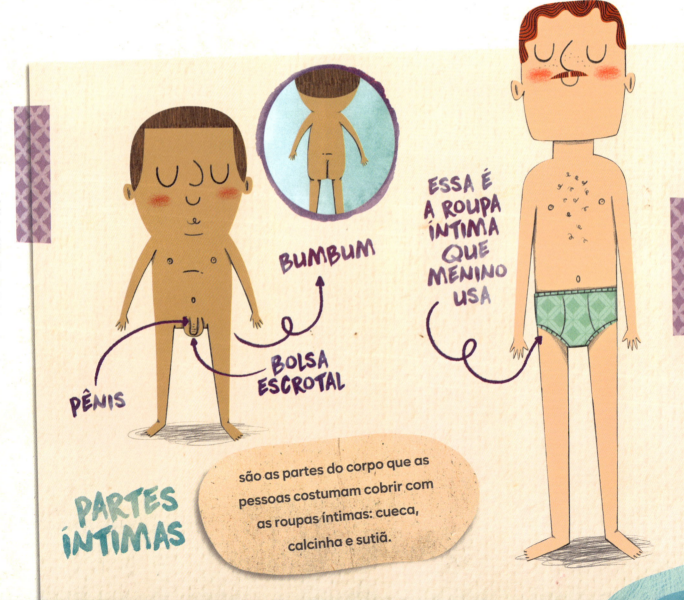

BUMBUM

ESSA É A ROUPA ÍNTIMA QUE MENINO USA

PÊNIS

BOLSA ESCROTAL

PARTES ÍNTIMAS são as partes do corpo que as pessoas costumam cobrir com as roupas íntimas: cueca, calcinha e sutiã.

O CORPO DA GAROTA. O CORPO DA MULHER.

O corpo da menina é parecido com o corpo de uma mulher adulta. Todas as meninas têm **vulva**. Esse é o **órgão sexual** feminino. Quando a menina cresce e chega na adolescência, todo o seu corpo muda de tamanho e muitas mulheres começam a ter pelos em algumas regiões, como nas pernas e nas partes íntimas. Também nascem os seios. E a voz aos poucos também vai ficando parecida com a voz das mulheres adultas.

AGORA, É MUITO IMPORTANTE VOCÊ SABER:

SEU CORPO FAZ PARTE DE SUA INTIMIDADE E NINGUÉM PODE TOCÁ-LO SEM PERMISSÃO.

Se mesmo assim alguém insistir em tocar seu corpo e pedir para você guardar segredo, diga:

NÃO FAÇA ISSO!

E avise a mamãe, a vovó, quem cuida de você ou uma pessoa de confiança.

Se você preferir, converse com sua professora ou professor.

O Estatuto da Criança e do Adolescente (ECA) afirma que crianças e adolescentes devem ser protegidos de qualquer forma de negligência, exploração, discriminação, violência, crueldade e opressão.

Fonte: BRASIL, Estatuto da Criança e do Adolescente. Disponível em: https://mod.lk/lei-eca. Acesso em: mai. 2023.

Vamos aprender agora O QUE PODE (sinal verde) e O QUE NÃO PODE (sinal vermelho), combinado? Ah! Quando o sinal for amarelo.... ATENÇÃO!

NÃO PODE TOCAR AQUI! DE JEITO NENHUM!

Fique ligado se alguém (conhecido ou desconhecido):
- Tocar nas suas partes íntimas (incluindo órgãos sexuais).
- Insistir ou forçar abraços e beijos no rosto ou na boca.
- Pedir pra você sentar no colo.
- Ficar acariciando partes do seu corpo com insistência.

Para tudo isso você deve ligar a luz vermelha!

PODE SIM!

O abraço apertado da titia, o beijo demorado da vovó, o exame médico feito quando você estiver doente.

O BUMBUM É TAMBÉM SINAL VERMELHO.

AQUI PODE TOCAR

OPA! VOU TOMAR CUIDADO!

AQUI, DE JEITO NENHUM!

DE OLHO NAS DICAS

Quando estiver na *internet*, não dê conversa a estranhos, mesmo que pareçam ser da sua idade. Se começarem a perguntar muitas coisas sobre você, ligue o sinal *vermelho*! Nunca dê o endereço da sua casa, o nome da escola em que você estuda nem mande foto ou diga como é o seu uniforme. Se acontecer isso com você, avise sempre uma pessoa de confiança. Infelizmente, existe muita gente cheia de maldade. Ainda bem que nem todo mundo é assim, não é? Ufa!

UM RECADO PARA OS ADULTOS QUE LEEM ESTE LIVRO COM VOCÊ

Procure colocar o computador em que a criança acessa a internet em local fácil de acompanhar de perto. E se for celular, fique de olho sempre.

Agora que você já sabe como é o corpo do menino e da menina, seus órgãos externos, e aprendeu como se cuidar e se proteger, vamos ver como é o corpo por dentro e quais são os órgãos internos responsáveis para que o papai e a mamãe tenham um bebê.

HOMENS

- VESÍCULA SEMINAL
- PRÓSTATA
- TESTÍCULO
- BEXIGA
- CANAL DEFERENTE
- PÊNIS

ESPERMATOZOIDES

BOLSA ESCROTAL

Dentro da bolsa escrotal (aquele saquinho que você já aprendeu o nome) se encontram dois testículos que produzem os espermatozoides. Num determinado momento, os espermatozoides seguem pelo canal deferente, juntam-se com alguns líquidos importantes e saem pelo pênis.

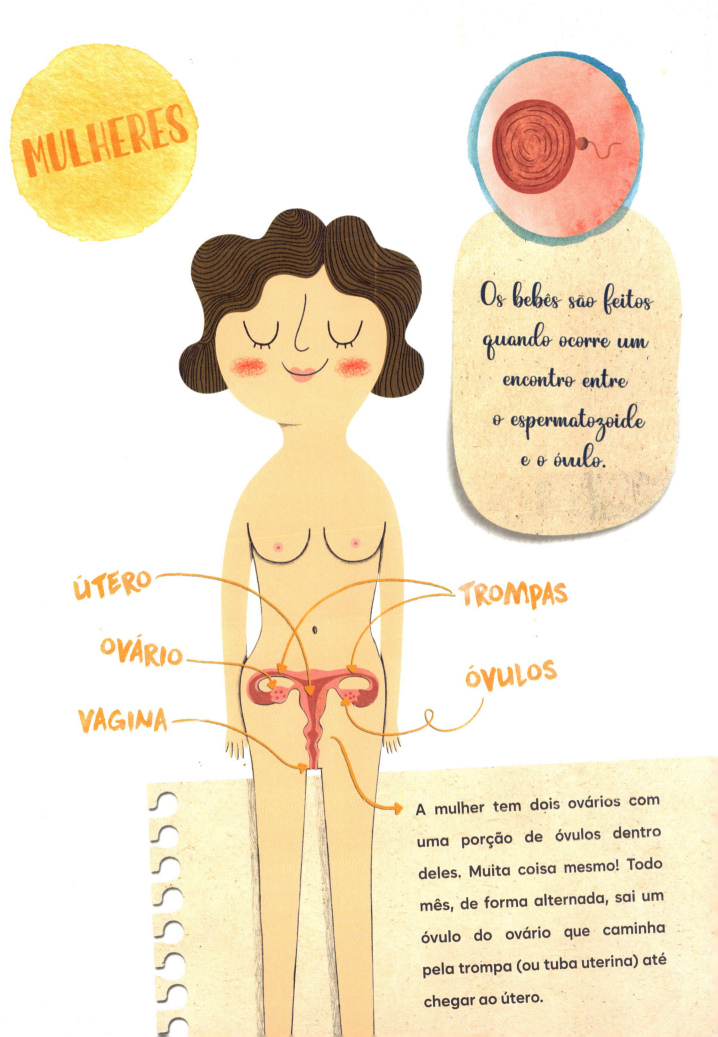

VOCÊ DEVE ESTAR SE PERGUNTANDO: "E AÍ? ATÉ AGORA NÃO EXPLICOU COMO OS BEBÊS SÃO FEITOS...". CALMA, VAMOS EM FRENTE!

Em um momento de muita intimidade e confiança, o homem e a mulher ficam bem juntinhos e, com carinho, um se encaixa no outro.

CASAL NAMORANDO

CRIANÇA NÃO NAMORA

Mas é preciso que sejam pessoas adultas, que tenham respeito e confiança uma na outra, que queiram esse carinho e se permitam estar juntinhas assim. Se um não quer, o outro não pode forçar! Esse encontro combina com amor e não com violência.

Se o casal estiver desejando ter um bebê, essa é a hora! Durante esse encontro, o espermatozoide e o óvulo se unem dentro do corpo da mulher. Isso se chama *fecundação* e a partir daí a mulher começa a *gerar* um bebê.

FECUNDAÇÃO
ÓVULO
ESPERMATOZOIDE

Mas quando o óvulo não encontra o espermatozoide, ocorre a *menstruação*, que é o período em que um pouquinho de sangue sai pela vagina da mulher. Isso acontece uma vez por mês, dura entre três e sete dias, mais ou menos, e é sinal de que a mulher não está grávida.

Se o óvulo foi fecundado pelo espermatozoide, há um bebê a caminho, que logo vai começar a se desenvolver. Ele vai crescer dentro da *bolsa amniótica* — mais uma palavrinha que você acabou de aprender! — que contém o *líquido amniótico* e, assim, fica bem protegido até o momento de conhecer uma porção de gente bacana. Na barriga da mamãe, ele vai se desenvolver, depois nascer e ficar igual a você, e, quando tiver sua idade, vai aprender tudo isso também!

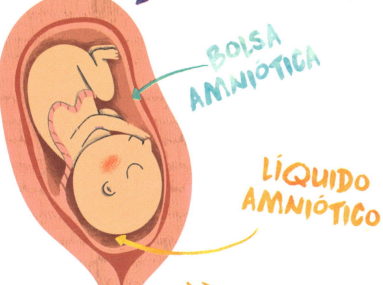

BOLSA AMNIÓTICA

LÍQUIDO AMNIÓTICO

AGORA É SÓ ESPERAR.

A GRAVIDEZ DURA, EM MÉDIA, NOVE MESES.

25

Você já sabe que não se compra bebê na feira, mas para ter uma ideia de quanto cresceu na barriga da sua mãe, quando tinha um mês era do tamanho de um grão de feijão e, com três meses, já tinha as medidas de uma maçã.

Cresceu tanto que hoje é esse lindão e essa lindona de quem todo mundo sente o maior orgulho! E ainda vai crescer muito mais...

4º MÊS
15 CM

5º MÊS
25 CM

6º MÊS
30 CM

O bebê está desenvolvendo os sentidos. As sobrancelhas já aparecem e ele se mexe mais na barriga da mamãe, que já consegue senti-lo.

Os cabelinhos do bebê começam a nascer. Ele franze a testa e chupa os dedinhos. O bebê já escuta e pode dar chutes quando se assusta com algum barulho perto da mãe.

O bebê tem mais músculos e está mais forte. Por isso ele se mexe rápido e com força. Ele também já reconhece os tons da voz da mamãe.

27

CHEGOU A HORA!

A mamãe sente o sinal de que o bebê está querendo conhecer logo este mundo e chegou a hora de nascer.

Normalmente, o parto acontece em um hospital, com uma equipe médica, mas algumas famílias preferem que aconteça em casa.

Antigamente, e ainda hoje, algumas mulheres escolhem fazer o parto em casa com uma parteira.

Na hora do nascimento, a mamãe faz bastante força e o bebê sai pela vagina, que se alarga para deixá-lo passar. Esse é o *parto normal*.

Mas existe outro jeito de nascer! Algumas vezes, o médico precisa fazer um corte na barriga da mamãe para tirar o bebê. Ela recebe uma anestesia para não sentir dor. Esse tipo de parto se chama *parto cesáreo* ou *cesariana*.

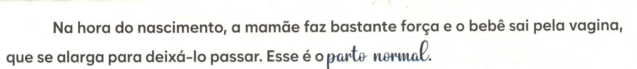

E ESSE BURAQUINHO QUE FICA NA BARRIGA DA GENTE?

Assim que o bebê nasce, o médico corta o cordão umbilical que o liga à mamãe e faz um nó, mas o bebê não sente nenhuma dor.

E ESSE NOZINHO É O SEU UMBIGO!

Com um material especial, esse profissional retira alguns óvulos da mulher e alguns espermatozoides do homem e coloca juntos em um vidrinho, desses de laboratório. Aí espera ocorrer a fecundação e põe o futuro bebê no útero da mulher. Essa é a *fertilização in vitro*.

No outro caso, os espermatozoides são colocados no interior do útero para fecundarem o óvulo. Chamamos esse processo de *inseminação artificial*.

Mas sendo dessa forma ou de uma maneira mais natural, não há diferença! O amor é o mesmo e ter em casa uma criança linda como você é o maior dos presentes!

Há muitos filhos que não nasceram da barriga da mamãe, da forma como explicamos aqui no livro. Eles foram *adotados*, isto é, a família todinha resolveu cuidar de uma criança que nasceu da barriga de outra mulher. O bebê nasceu do desejo de ter o filho do coração.

Vovó, vovô, tias e tios também amam essa criança gerada no coração. E se há irmãos, todos querem brincar juntos.

Agora que você já sabe como nasceu, vale dizer uma coisa importante: independentemente de como cada pessoa é gerada e de como é sua família, todas as diferenças devem ser respeitadas. Na vida, há lugar para todos e as oportunidades devem ser sempre iguais.

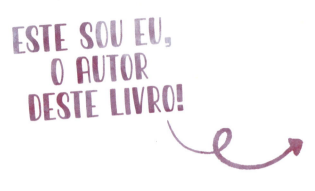

Eu sou o Marcos, gosto de música, teatro e arte de uma forma geral e, no carnaval, torço pela Escola de Samba Portela. Já fiz teatro, um filme e estudei música — o piano é o meu instrumento preferido. Um cafezinho com os amigos e conhecer gente nova são algumas das atividades que me deixam mais feliz.

Sou educador com pós-graduação em Educação Infantil e Desenvolvimento e em Sexualidade (UCAM/AVM-RJ) e mestre em Educação Sexual (Unesp-Araraquara, SP).

Gosto de ler e escrever e, talvez por isso, os livros me levaram a ser escritor e palestrante, já que aprecio uma boa prosa, como dizem os mineiros. Meu pai é mineiro e minha mãe e irmã são cariocas, como eu.

Viajo por todo o país dando aulas, cursos, palestras e consultoria para diferentes públicos. E, com essas andanças, já realizei trabalhos para a Fundação Roberto Marinho, o Canal Futura, a Unesco, John Hopkins University (EUA) e uma série de Secretarias de Educação e Saúde, e de empresas privadas.

Ainda como consultor, realizei trabalhos para o Ministério da Saúde (elaboração de material educativo, aulas de educação a distância via canal de TV e palestras), Ministério da Defesa (oficina de prevenção para as Forças Armadas) e Ministério da Educação (como parecerista dos Parâmetros Curriculares Nacionais – Ensino Fundamental: Anos Iniciais).

Apresentei programas de TV e rádio, colaborei e escrevi colunas em jornais e revistas, além de ter sido consultor de peças de teatro e CDs com foco na prevenção de doenças.

Tenho mais de 20 livros publicados e, como escritor, recebi prêmios importantes — "Monteiro Lobato", da Academia Brasileira de Letras, foi um deles. Este livro que você acabou de ler já virou peça de teatro, com apresentações no Brasil e no exterior. Meu outro livro, o *Menino brinca de boneca?*, foi transformado em vídeo, em Cabo Verde, na África. Para finalizar, ganhei a "Medalha Tiradentes", maior comenda entregue a uma personalidade pelo Poder Legislativo do Estado do Rio de Janeiro.

É muito bom ver nosso trabalho ocupar outros espaços e contribuir para que crianças e adolescentes tenham acesso a informações importantes. Espero que você tenha gostado deste livro e que a leitura tenha despertado a vontade de aprender sempre mais, com ideias para escrever livros bem legais, tão inspiradores como foi este para mim. E eu vou querer ler todos!

Para consultoria, palestras cursos *online* ou presencias a respeito desse livro, ou para agendar encontro com o autor, é só entrar em contato:

Site: www.marcosribeiro.com.br
E-mail: marcosribeiro@marcosribeiro.com.br
Instagram: @educadormarcosribeiro

ESTA SOU EU, A ILUSTRADORA DESTE LIVRO!

Eu sou a Bruna, nasci em Curitiba, em 1986, e, desde muito pequenininha, sempre amei desenhar. Anos mais tarde, depois de terminar as faculdades de Design Gráfico e Jornalismo, fui a Barcelona, na Espanha, transformar minha paixão de criança em profissão. Lá, estudei Ilustração Criativa na EINA – Escola di Disseny i Art.

Desde então, passo meus dias ilustrando obras incríveis. Já são dezenas de livros publicadas. Esse aqui foi um dos meus trabalhos mais importantes. E fico feliz que você tenha dividido essas páginas comigo também.

Quer conhecer outros livros que ilustrei? Visite meu perfil no Instagram @brunaassisbrasil. Vou adorar te ver por lá!